G. Bücking

Geschichte und Sagen von Heidelberg und der Umgegend

Antigonos

G. Bücking

Geschichte und Sagen von Heidelberg und der Umgegend

Unveränderter Nachdruck der Originalausgabe von 1880.

1. Auflage 2024 | ISBN: 978-3-38692-213-5

Antigonos Verlag ist ein Imprint der Outlook Verlagsgesellschaft mbH.

Verlag: Outlook Verlag GmbH, Zeilweg 44, 60439 Frankfurt, Deutschland, info@outlook-verlag.de
Vertretungsberechtigt: E. Roepke, Zeilweg 44, 60439 Frankfurt, Deutschland
Druck: Libri Plureos GmbH, Friedensallee 273, 22763 Hamburg, Deutschland

Die obere Burg in Heidelberg.

————◆————

Der heilige Berg
bei Heidelberg.

————◆————

Uta von Reichenstein.

————◆————

Das Siebenmühlenthal
bei Handschuchsheim.

————◆————

Die obere Burg in Heidelberg.

Die obere Burg in Heidelberg.

Mauern und Thürme verschwunden, die Trümmer von Epheu umsponnen,
Kaum noch erkennbare Spuren gewesener Größe und Hoheit
Heidelberg find ich von dir, du erlesene Burg auf dem Gaisberg;
Selbst das bewunderte Schloß auf dem Jettenbühl dir zu Füßen,
Einst auf den Trümmern errichtet der uralten Jettakapelle,
Welch' unerhörtes Verhängniß und Drangsal hat dieses erduldet,
Dennoch als Fürstin der Burgen erscheint es in strahlendem Glanze.
Wahrlich es scheint unbegreiflich, daß du nur von sämmtlichen Burgen,
Schwesterlich aufwärts am Neckar, auf waldigen Höhen gegründet
Zwingenberg, Schwalbennest, Hirschhorn, der Minneburg, Stolzeneck,
                                                    Steinach,
Dann von der Bergstraße Burgen, der Strahlenburg, Frankenstein, Alsbach,
Schauenburg, Auerbach, Schönberg, der Starkenburg, Tannenburg, Windeck,
Gänzlich verschwunden erscheinest, dem geistigen Auge nur sichtbar.
Dagobert, König der Franken, gab dich und die ganze Gemarkung,
Welche vom Neckar bespühlt und mit Heidelbeerstauden bedeckt ist,
Wo der bewachende Gaishirt die sonnigen Felsen erklettert,
Wo die Kastanie reift und die traubenbehangenen Reben
Traulich zu Lauben verbunden, die ländlichen Hütten umranken,
Wo die Melone gedeiht und die rosigen Knospen des Pfirsichs
Lieblich mit blühenden Mandeln, den Reigen des Frühlings eröffnen,
Ehmals dem Bisthume Worms zur Errettung und Heilung der Seele,
Daß die verzehrende Flamme, die Rächerin, Nichts in ihm finde,
Was sie vernichte und tödte, die göttliche Liebe hingegen
Sehe was krönend sie ehre. Die salischen Herrscher der Franken
Nahmen von Worms dich als Lehn und vererbten die Burg auf dem Gaisberg
Einst auf das Staufengeschlecht. Barbarossa der mächtige Kaiser
Machte den Bruder zum Pfalzgraf, und Konrad verlegte den Hofsitz,
Welcher zu Bacharach war, an das herrliche Ufer des Neckars.

Dann unter Heinrich dem Schönen, dem Sohne von Heinrich dem Löwen,
Welcher die einzige Tochter von Konrad, die liebliche Agnes
Freite, gelangtest du endlich durch Heirath an welfische Fürsten.
Aber die Kämpfe der Welfen und Waiblinger brachten die Reichsacht.
Heinrich der Schöne entfloh und die Pfalzgrafschaft ward ihm entrissen.
Diese empfingen die Fürsten aus Wittelsbachs mächtigem Hause,
Welche dem Kaiser, dem Reich die bewährteste Treue erwiesen.
Endlich der Liebe gelang es den Streit den entbrannten zu schlichten;
Otto von Wittelsbach warb um die Liebe der Pfalzgräfin Agnes,
Welche gefloh'n mit dem Vater, und später in München verweilte,
Bis es ihm endlich gelang die umworbene Schöne zu fesseln.
Agnes, als einzige Erbin, vereinte die Güter des Vaters
Mit den erlesenen Landen des Gatten von bairischem Blute,
Bracht ihm die Güter am Rhein und die Stammburg am Neckar als Mitgift,
Welche Jahrhunderte blieb bei den Herrschern von bairischem Stamme,
Bis ein zerschmetternder Blitzstrahl die herrliche Veste zerstörte.
Jetzt nun erzähle mir selbst von der Gründung der Burg und dem Ursprung
Du, in vollkommener Schönheit hervor aus dem Boden gezaubert
Stehst du erhaben vor mir mit beschirmenden Mauern und Thürmen,
Epheuumkletterten Zinnen, die Hallen voll Leben und Weben,
Manches noch schlummert vergessen und harrt des verkündenden Griffels
Harrt auf die Lippe des Dichters, der tönenden Harfe vergleichbar,
Sage mir wer doch erbaute dich hier auf dem Rücken des Gaisbergs,
Hoch von der Säule des Himmels, des Königstuhls Haupt überraget,
Purpurbestrahlt von der Sonne, der sinkenden ? Herzog Authises.
Als in der Zülpicher Schlacht Alemanniens Heer mit den Franken
Kämpfte den Kampf der Entscheidung und Chlodwigs Gemahlin Chlothilde,
Welche dem Christenthum anhing, den König in höchster Bedrängniß
Bat mit erhobenem Kreuze die heidnischen Götter zu fliehen,
Aber den Sieg zu erflehen von Christus, dem Sohne des Höchsten,
Da im Getümmel des Kampfes gelobte der König die Taufe.
Chlodwig erlangte den Sieg und die Schaaren der Feinde bezwungen
Wichen zurück an die Sur, an die Murg und den sprudelnden Oosbach,
Zuflucht und Stütze zu finden in Hagenau's Forst und dem Schwarzwald.

Doch in die Ebne des Rheines ergoß sich der fränkische Heerstrom,
Rings auf den Gipfeln der Berge erhob sich die Zwingburg der Ritter,
Christliche Kirchen entstiegen dem Schutte vandalischer Horden,
Aber in einsamen Halden entstanden die friedlichen Klöster,
Bis in die letzte der Hütten des Christenthums Segen zu tragen:
Herr! allerchristlichster König, Beherrscher des Reiches der Franken,
Gruß, apostolische Gnade und Heil und Vergebung der Sünden
Sendet der heilige Papst Anastasius, Petrus Vertreter
Dir, und entbietet der Kirche gehorsamstem Sohne den Segen;
Nicht mit des Christenthums Lehre und nicht mit den Werken des Heiland's,
Welcher am Kreuze für dich und die Sünde der Menschheit gestorben,
Ist die entsetzliche Blutgier, womit Alemanniens Völker
Schonungslos du unterdrückest, nicht Mord und Vernichtung vereinbar.
Willst du ein Feind und Verwüster des Rheinstroms, ein Attila werden?
Welcher Maguntia, Spira, Wormatia, Argentoratum
Sengend und mordend gebrandschatzt, die Spuren der Römer vernichtend?
Selber Theoderich haftet und bürgt bei geschlossenem Frieden,
Daß dir die Gauen verbleiben, die herrlichen, dort von der Oosbach,
Dort von der Murg und dem Surbach, bis abwärts zur Lahn und zur Mosel,
Drum Anastasius bittet barmherzig und mild zu verfahren.
Dieß mit erhobenem Kreuze, das Chlodwig zum Siege verholfen
Sprach zu dem König gewendet, Remigius Bischof von Rhemi:
Beuge Sigambrer das Haupt und verbrenne, was betend du ehrtest,
Aber verehre in Demuth, was brennend die Flamme vernichtet.
Chlodwig gelobte den Frieden und nahm von dem Bischof die Taufe,
Ward mit dem Oele gesalbt, das herab von dem Himmel gefallen,
Nahm von dem Lande Besitz und vertheilt es in Gauen gesondert
Unter die Ritter des Heeres und nannt es teutonisches Franken.
Dann nach Turonium zog er, der Hauptstadt des fränkischen Reiches.
Aber Anthises der Herzog empfing die Gebiete am Neckar,
Lobdengau nannt er den Gau, nach der römischen Stadt Lobodunum,
Welche mit Tribur den Glanz von der ewigen Roma verdunkelt,
Wählte den Gipfel des Gaisbergs und baute die fränkische Zwingburg.
Weit an den Wasgau, die Haardt, an den Donnersberg schweifen die Blicke,

Dann von des Odenwald's Häuptern, dem finsteren Schwarzwald umsäumet
Breitet das Rheinthal sich aus, von dem Strahle der Sonne vergoldet.
Valentinian schon der Kaiser vom Zauber des Ortes gefesselt,
Welcher den Neckar verschloß und die Ebne des Rheines beherrschte,
Baute zur Rechten und Linken des Neckars beschützende Burgen,
Beide durch Mauern vereint und vermittelnde Fähre verkehrend,
Aber in Schutt und Geröll alemannische Siege verkündend,
Lagen Minerva's Altäre und Jupiters herrlicher Tempel,
Lagen die Wasserbehälter, den labenden Trunk der Besatzung
Reichend, im Falle Barbaren den Fluß und die Quellen versperrten.
Uralte Buchen und Eichen bedeckten die sonnigen Gipfel,
Brutort dem fischenden Reiher, dem Todfeind des Falkengeschlechtes,
Als sich Anthises den Gaisberg erwählte zu fürstlichem Stammsitz.
Jetta die Tochter des Herzogs, von Jugend und Anmuth umstrahlet,
Diente der Jungfrau Maria in einsam erbauter Kapelle,
Näher dem brausenden Neckar, auf schroffen granitenen Felsen,
Düster von Linden beschattet und kühlenden Quellen besprudelt.
Aber den Zauber der Worte der lieblichen Jungfrau zu hören,
Welche von christlicher Liebe, dem jüngsten der Tage, dem Jenseits
Sprach und den Armen und Kranken in Demuth die Thränen getrocknet,
Führte den wallenden Pilger, des Jettenbühls Stufen erglimmend,
Häufig der Holden zu Füßen, den himmlischen Trost zu vernehmen.
Wenn der erquickende Strahl der erwachenden Sonne des Lenzes,
Hoch auf des Königstuhls Höhen den wogenden Nebel bezwungen,
Blumige Wiesen des Waldes mit glitzerndem Frühthau besprengend,
Aber der Wand'rer entzückt den geöffneten Himmel bewundert,
So mit Entzücken beschaute der streifende Jäger die Jungfrau,
Welche von goldenen Stufen die Wege des Schicksals enthüllte
Weissagend, welche Geschicke in Zukunft des Fragenden harrten.
Jetta gebannt vom Gelübde der Jungfrau Maria zu dienen,
Stillte mit Mühe des Herzens erhobenes Seufzen und Sehnen,
Aber die perlende Thräne, begierig den Busen zu netzen
Still an der Quelle vergossen im dämmernden Scheine des Mondes,
Floß für den herrlichen Jüngling des Grafen von Strahlenburg Sprosse:

Walther von Strahlenburg, sagte die Seherin liebenden Blickes:
Du bist zu Jetta gekommen den Namen der Jungfrau zu hören,
Welche an diesem Altare dir ewige Treue wird schwören,
Wahrlich die Frage ist schwer und erfordert Bedenken und Prüfung,
Auch muß ich Boten versenden, die Namen der Jungfrau'n zu sammeln,
Welche am Neckar, am Rhein, an der Bergstraß' die Burgen bewohnen,
Rings auf den Höhen umher in dem goldenen Dufte des Abends;
Also entgegnete lächelnd die Seherin, stieg von den Stufen
Nieder und wandelte still zu dem Bildniß der Jungfrau Maria,
Kniete in Demuth und sagte: o heilige Mutter des Heilands,
Nimm die Verkünder des Frühlings zu duftendem Kranze geflochten
Veilchen, vom sonnigen Raine der Froschau und goldene Palmen,
Bitte für mich um Vergebung der Sünden, in Ewigkeit Amen!
Jetzt mit geweihetem Oele die ewige Lampe zu tränken,
Welches die Müllerin Markolf zum Heile der Seele gespendet
Trat sie in's Chor der Kapelle und schloß dann die heilige Stätte.
Walther, den Bogen und Köcher gefüllt mit den schwirrenden Pfeilen
Nahm und begleitete still die Geliebte im Glanze des Abends.
Noch an dem Himmel verweilte der leuchtende Wagen der Sonne,
Sprühend den goldenen Staub auf die zackigen Gipfel des Haardtwald's,
Aber die Rosse beflügelt und schüttelnd die flatternden Mähnen
Lenkten hinab das Geschirr um den Donnersberg bald zu erreichen:
Laß uns ein wenig hier ruh'n und das Sinken der Sonne erwarten,
Hier an dem Rande des Felsens, am Stamme der mächtigen Linde
Liegt der granitene Felsblock, zu trauten Gesprächen geeignet
Sagte die Jungfrau erheitert, du wünschest den Namen zu wissen
Deiner dereinstigen Gattin? so laß mich die Furchen betrachten
Deiner geöffneten Hand, daß ich deutlich die Runen erkenne.
Lange beschaute die Schöne die Hand mit empfindsamen Blicken.
Dann von bezwingendem Zauber der Liebe gefesselt begann sie:
Deutlich verschlungen erkenn ich die Namen von Walther und Jetta,
Laß, wenn die Sichel des Mondes gespiegelt im Schlierbach erscheinet,
Längst von den Gipfeln der Haardt und dem Wasgau die Sonne verschwunden,
Laß uns an traulichem Orte die Freuden Liebe genießen.

Klopfenden Herzens enteilte die Jungfrau der Zwingburg des Vaters,
Eilte im Dämmer des Mondes, beflügelten Schrittes zum Schlierbach,
Aber schon nah' dem Geliebten erfaßte die hungrige Wölfin
Gierig das bebende Mädchen, zerfleischte die sterbende Jetta.
Walther gelangte zu spät an die Stätte des Jammers und Unglücks,
Stürzte sich dann in das Schwert und verschied in dem Arm der Geliebten.
Thränenden Blickes Anthises begrub die im Tode Vereinten
Still in der Jettakapelle, auf deren zerfallenen Mauern,
Drunten das herrliche Schloß, Barbarossa der Kaiser gegründet,
Als er geschmückt mit der Krone des heiligen römischen Reiches
Kam von dem Ufer der Etsch, wo das Heer und die Krone gerettet
Otto von Wittelsbach, kühn, durch Erstürmung von Alberichs Zwingburg,
Otto die Felsen erkletternd, erreichbar nur Geiern und Adlern.

Der heilige Berg

bei Heidelberg.

Der heilige Berg bei Heidelberg.

Wand'rer! es waren nicht immer so einsam die waldigen Höhen,
Wie Du sie findest, das epheuumrankte Getrümmer beschauend;
Schöneres Leben erblühte im Thale und hier auf dem Berge,
Einst als die siegenden Adler der Römer den Rhein überflogen,
Probus die Trauben mir brachte und lehrte den Landmann den Weinbau;
Drusus, Trajan, Hadrianus erbauten Altäre im Tempel
Hier auf dem Gipfel und flehten zu Jupiter laut und Minerva,
Sieg zu verleihen und Ruhm in dem Kampf mit Germaniens Fürsten.
Siehst du auch Ladenburg dort an dem Ufer des rauschenden Neckars —?
Dieses war einstens die Hauptstadt des Zehntland's und stolze Paläste
Schmückten das Ufer und stiegen herauf an dem Rücken des Berges.
Schon Marcellinus besuchte mich einst und benennt mich mons piri.
Zweige des Lorbeers bekränzten den Denkstein der römischen Brüder
Julius, welche erhörend der Götter erhab'ner und größter,
Ueber die tapferen Katten Erfolge und Kriegsruhm verliehen.
Schon überbrückt war der Neckar, geschmückt mit dem Bild des Neptunus,
Säulen verkündeten deutlich dem Wand'rer die Länge der Straßen.
Jenseits am Flusse befand sich die Werkstadt der bildenden Künstler,
Doch Columbarium, Castrum, Mithräum Jahrtausende schlummernd
Mußt du bei Neuenheim wecken, bei Schriesheim und drüben am Gaisberg.
Valentinian zwar erwehrte sich Anfangs der drängenden Feinde,
Sperrte den Fluß durch das Wasserschloß Ladenburg, lenkt ihn dann selber
Abseits von Tribur herüber, ihn rasch mit dem Rhein zu verbinden,
Altrip, für Galliens Anschluß, als Brückenkopf dort sich erwählend.
Aber ich selber berühmt und geweiht den unsterblichen Göttern,
Forderte Schutz vor dem Anprall des Feindes, Castelle und Schanzen
Wurden errichtet; sie sanken in Staub vor der Kraft der Barbaren;
Denn Alemannen erstürmten das Land und vertrieben die Römer,
Jede Kultur hier zertretend, der Jagd und dem Krieg nur ergeben.

Aber die Sieger auch wurden verdrängt von den stärkeren Franken,
Welche das Christenthum bringend, das Kreuz des Erlösers erhoben.
Jetzt war gekommen die Blüthezeit mir, denn mit Lorsch und mit Hirschau
Ward ich verbunden; Vermächtnisse flossen und Spenden in Fülle.
Walther der Abt nun erbaute hier oben Kapelle und Kloster,
Doch dem Bezwinger des Drachens, dem Erzengel Michael heilig
Wurde die Kirche geweihet und schimmernde Pracht hier entfaltet.
Herrliche Gärten umgaben mich jetzt durch die Gaben der Pilger
Heimwärts gekehrt von Jerusalems Grab und den Schlachten entronnen;
Hätten die Blätter nicht Zungen, das Erdreich schon würde Dir sagen,
Welcher gediegene Anbau hierselbst in den Gärten gewaltet.
Siehst Du den Maulwurf da drüben, der Würmer und Engerling suchet?
Rabenschwarz wirft er das Erdreich hervor aus den finsteren Gängen.
Kinder des Südens die Feige, Marone, die liebliche Mandel,
Ferner die duft'ge Resede gebracht von den Ufern des Nilstrom's
Und aus Damascus Gefilden die Rose, die Fürstin der Blumen
Hab' ich zuerst hier gepfleget, dazu Muskateller und Riesling
Reben der köstlichsten Gattung, von denen der edelste Wein kommt.
Aber die schönsten der Frauen, die adlichen Fräulein der Burgen
Handschuchsheim, Strahlenburg, Windeck, von Schlierburg, von Steinach
                                        und Dilsberg,
Kamen in Demuth gewandelt, die Andacht hier fromm zu verrichten,
Sanft zu erheben die Stimme, zum Lobe des ewigen Gottes.
Kennst du auch Ida die Holde, des Berthold von Schauenburg Tochter?
Hier auf dem Vorsprunge ruhte sie hoffend das Thal zu beschauen,
Dort wo die brausenden Wogen des Neckars und Rheins sich vermischen.
Wohlstand und Ueberfluß walteten allseits, drum baute Probst Arnold
Aus hinterlassenem Golde, verschollener Opfer des Kreuzzugs,
Dort auf dem vorderen Hügel, die zweite Kapelle und Kloster,
Dort sich im Flusse zu spiegeln, dem Neckarschloß stolz gegenüber,
Kloster Sanct Stephanus ward es getaufet und glänzend begütert.
Konrad der erste, der Kaiser bedachte mich reich und verweilte
Häufig im Schatten der Linden, die früher den Klosterhof schmückten,
Beugte sich willig vor Gott und belauschte die frommen Gesänge.

Friedrich des Abtes Gebeine, sie ruh'n in geweiheter Erde,
Tausende strömten herbei, die Genesung und Gnade zu finden,
Heilung und Wunder geschahen; so ward ich zum heiligen Berge.
Siehst Du da drüben sein Grabmal vergessen vom Strome der Wallfahrt?
Aber der Pfalzgrafen Herrschaft erhob sich von Stufe zu Stufe,
Bald auch verstummten die frommen Gesänge der fahrenden Pilger.
Oed und verwaist wurde Lorsch, und es zog mich hinein in's Verderben;
Pfründen, Gefälle verschwanden, so bin ich in Trümmer gesunken.
Aber der Zauber des Namens, des Berges entzückende Fernsicht
Bleibt mir für immer erhalten. Elisabeth, Albions Tochter
Freute sich hier ihres lächelnden Glückes, eh' Böhmens Gesandte
Brachten die goldene Krone, der Pfalz zu unsäglichem Elend.
Schomberg auch will ich Dir nennen, den Freund dieses heiligen Haines,
Der mit Oranien eilte nach Irlands empörten Gestaden,
Doch in der Schlacht an dem Boyne den Heldentod siegend gestorben.
Wären mir Worte wie Blätter im Wald, wie der Thau in den Wiesen,
Könnt ich nicht Alles verkündigen Dir und nicht Alles Dir deuten
Was ich erlebt und erlitten im ewigen Wechsel der Zeiten.
Aber nun schau' in die lieblichen Fluren, wo Städte und Dörfer
Aus des Getreides erquickendem Grün, von den Ufern des Neckars
Blicken herauf und die köstlichen Düfte des blühenden Kirschbaum's
Füllen die Luft und der fröhliche Ackersmann hofft auf die Ernte.
Siehst Du die rieselnden Bäche, die saftigen Wiesen des Waldes?
Helle Smaragde des Frühlings, belebt durch die Heimkehr der Heerden?
Hörst Du der Hirtin Gesänge, vermischt mit dem Jauchzen der Lerche?
Hörst Du die lockenden Rufe der Tauben im Dickicht des Waldes?
Voller und goldener strahlet die Sonne, sie sinkt in die Tiefen.
Siehst Du das Haardtgebirg glüh'n und die rosigen Wolken am Himmel?
Nacht schon bedecket die Thäler, es flimmern die glänzenden Sterne,
Aber die Pfade des Waldes erleuchtet der Schimmer des Mondes.

Uta von Reichenstein.

———————

Uta von Reichenstein.

Bligger von Steinach der Wilde, die Hand in den Saiten der Harfe
Zechend im Schwalbennest saß und erhob an dem Steintisch die Stimme,
Daß von dem Gumpenthal her, von dem Dilsberg der Wiederhall schallte:
Uta von Neckargemünde, am Ufer der Elsenz erkoren,
Morgen vom Reichenstein hol' ich das Jüngferlein edelgeboren.
Aber die gurgelnde Stimme verscheuchte die Thiere des Waldes
Gimpel und Nachtigall schwieg in den schattigen Fliedergebüschen;
Fischer und Färcher entfloh und der Landmann verbarg sich im Kornfeld,
Nur in dem Sumpfe die Unke, der Kautz im Gemäuer gab Antwort.
Richtig am anderen Morgen trip trap auf den steinernen Treppen
Ging's mit Gepolter hinauf; schönes Bräutchen, du Herzallerliebste
Heute noch will ich dich freien, komm mit mir zum Hochzeitsgelage.
Aber von Abscheu erfüllt, von Entsetzen, entfloh die Verfolgte:
Hülfe! zu Hülfe! so rief sie und rasch mit gezogenem Schwerte
Eilten die Brüder, die Diener, der Vater der Jungfrau zu Hülfe,
Aber sie Alle erlagen den Streichen des schrecklichen Unholds.
Alles was Leben besaß in dem Schlosse erschlug der Verbrecher,
Uta allein, und die Schwester, die kleine im Bettlein vergessen
Blieben verschont, und der Rabe, der sprechende, flog durch das Fenster.
Wild auf den bäumenden Rappen erhob sich der teuflische Reiter,
Faßte die Jungfrau im Gürtel und schwamm durch den tobenden Neckar:
Schmachte im Schwalbennest nun zwischen Otterngeziefer und Molchen
Bis ich das Jawort erhalte und ob du darüber verendest.
Aber der wachsame Rabe gewahrte die hungernde Jungfrau,
Flog in die Wälder, die Felder und brachte erquickende Früchte,
Brachte an's Gitter die Beeren, die lieblichen Blumen der Auen,
Welche erfreuen das Herz und die weinenden Augen erlaben,
Veilchen, die Röslein der Haide, Vergißmeinnicht, rankendes Gaisblatt,
Auch dem verlassenen Säugling er steckte die Erdbeer in's Mäulchen.

Wenn die erwachende Sonne die Mauern des Kerkers erhellte,
Fragte sie weinend den Raben: wie geht es dem Schwesterlein kleine?
Aber es sagte der Rabe: es schläft in der Wiege so feine.
Einmal nun kam an das Gitter zur außergewöhnlichen Stunde
Traurig der Rabe und sagte: der Gutherr, der Schreiner des Waldes
Hat mir die Beeren geholt und die Nüsse, die Kästen versteckelt,
Eine noch hab' ich gewußt und die hat mir das Eichhorn gestohlen.
Gleich die Erschrockene fragte: wie geht es dem Schwesterlein kleine?
Aber es sagte der Rabe: es hungert im Bettlein alleine.
Jetzt mit gefalteten Händen sie betete laut zu Maria:
Mutter des Heiland's, o bring' den Verschmachtenden Hülfe und Speise;
Horch! in dem Thürschloß des Kerkers erklirren die öffnenden Schlüssel,
Aber o weh! nicht Maria, o Himmel! der schreckliche Mörder
Steht vor dem Burgverließ drohend und ruft die entsetzlichen Worte:
Galgenholz! lebst du noch immer? steig auf an den gähnenden Abgrund,
Einmal noch frag ich dich jetzt und zum letztenmal, willst du mich freien?
Wenn ich das Jawort empfange, so sollst du das Leben behalten,
Aber hinab in die Tiefe ich stürze dich, wenn du dich weigerst.
Landschaden! schluchzte die Jungfrau, du Mörder des Vaters, der Mutter,
Lieber erleid ich den Tod, als die Gattin, die Deine zu werden.
Stirb denn! versetzte der Unhold und reckte die frevelnden Hände.
Aber der wachsame Rabe gewahrte und hörte dieß Alles,
Sträubte das schwarze Gefieder und rief von der Spitze des Eichbaums:
Schwärmende Schaaren der Raben herbei und errettet die Jungfrau.
Siehe da webert's und wirbelt's, es weht und es wogt in dem Walde,
Schwarz ist der Himmel verfinstert und Raben unendlicher Anzahl
Grad auf den Landschaden stürmen sie los mit gewaltigem Stoße
Und in die grausige Tiefe sie stürzen den Frevler kopfüber,
Daß mit zerschmetterten Gliedern der fluchende Wüstling verendet.
Aber es klärt sich der Himmel und nieder auf strahlender Wolke
Schwebt die gerufene Jungfrau, das lächelnde Kind auf dem Arme,
Legt in die Arme der Schwester, die Schwester vom Raben gefüttert,
Schaute mit Lust und Entzücken die Freude der Wiedervereinten,
Dann zu den goldenen Höhen des Himmels erhob sich Maria.

Das Siebenmühlenthal

bei Handschuchsheim.

Das Siebenmühlenthal bei Handschuchsheim.

Rauschender Waldbach verkünde dem Freunde die Mähren der Vorzeit
Du! auf dem Heiligenberg, auf dem Buchberg genährt und entsprungen,
Schattig von Erlen bewachsen, darinnen das Rothkehlchen zwitschert.
Alle die sprudelnden Quellen der Hirschborn, der Einsiedler, Buchborn
Eilen vereinigt in dir durch das Thal sieben Mühlen zu treiben,
Veilchen, Maßliebchen zu tränken, die lieblichen Boten des Frühlings.
Aber des Baches Geplätscher vernimmt auf den Triften der Schaafhirt.
Niedergebogen am Stabe, den goldenen Abend erwartend,
Heimwärts die Heerde zu führen, der reinlichen Hütte vorüber.
Fern schon vernimmt er mit Wonne die herzenbewegende Weise:
Muß i zum Städtle hinaus; in der traulichen Stunde des Melkens.
So mit Entzücken belausch' ich o Bächlein! dein Singen und Sagen.
Bruno von Abrinsburg folgte den Spuren der fliehenden Hirschkuh
Bis an den Ursprung des Hirschborns und zückte den mordenden Wurfspeer,
Plötzlich versank die Verfolgte und feucht aus dem sprudelnden Wasser
Tauchte die Nixe des Brunnens und sang mit verlockender Stimme:
Bruno! warum o Geliebter bedrohst du die zitternde Hulda?
Muß ich das Leben erst wagen eh' du die Verlassene findest?
Nur in dem Dämmer des Abends entsteig ich dem Schooße des Brunnens,
Spiele mit bunten Forellen, die silbernen Strahlen des Mondes
Meidend, denn Ach! in die Tiefe des Brunnens versink' ich auf immer,
Wenn den verhüllenden Schleier von Spinnweb die Strahlen durchdringen,
Oder der Liebe Begierde vor Umlauf des rollenden Jahres
Ihn und den Zauber der Unschuld mit frevelnden Händen zerreißen,
Ach! die verlangenden Arme geöffnet entgegen dir haltend,
Biet' ich die Hände zum Druck und die Lippen, die reinen zum Kusse:
Hulda! entgegnete staunend der Ritter mit liebendem Blicke:
Lange schon folgt ich vergebens den Spuren der lieblichen Nixe,
Die mir im Zwielicht des Abends auf silberner Welle erschienen,

Deren entzückendes Bildniß ich immer im Herzen getragen.
Sage was muß ich vollbringen, um dich von dem Zauber zu lösen,
Der dich halb Weib und halb Fisch an den Brunnen, den sprudelnden fesselt?
Dauernd in deinen Besitz, in der Freude Genuß zu gelangen?
Näher nun schwamm die Erfreute, dem Schwan auf der Welle vergleichbar;
Wieder mit rosigem Munde erhob sie den Wohllaut der Stimme:
Siehst du den Sirius glänzen, den hellsten der Sterne des Himmels,
Welcher den Stier zu bekämpfen den Jäger Orion begleitet?
Sei mir in Treue ergeben bis neu nach vollendetem Jahrlauf
Wieder im Spiegel des Baches das leuchtende Sternbild erscheinet;
Dann von den Schuppen befreit an das Ufer ich setze die Füße,
Eile durch Busch und durch Wiesen die Gattin, die Deine zu werden.
Jetzt in die Hände der Nixe gelobte der Ritter die Treue.
Wochen und Monde vergingen in Wonne dem liebenden Paare;
Hold wie der Nachtigall Lieder im knospenden Haine erklingen
Tauschten die Liebenden Küsse und Worte von köstlichem Inhalt.
Aber es sagte die Nixe so oft sie der Ritter bestürmte:
Horch! die erwachende Eule, die Fledermaus raschelt im Schlehbusch,
Siehst du den Wagen des Himmels im kommenden Mondlicht erbleichen?
Nachtluft durchsäuselt die Birken und schüttelt den duftenden Weihrauch,
Morgen herauf von dem Grunde, ich komme zur selbigen Stunde.
Jetzt wie die fischende Möve versinkt in den Wellen des Neckars,
So in dem Brunnen verschwand sie, den Ritter im Dunkel verlassend.
Einst von Betrübniß erfüllt und erwachender Ahnung geängstigt
Sagte die Nixe: o Bruno! die Zeitlosen rufen dem Winter,
Stumm ist die Kehle der Amsel, die Flöte des hallenden Waldes,
Schwebende Fäden der Spinne verkünden das Ende des Sommers,
Bald ist der murmelnde Waldbach, der Zeuge des reinsten Genusses,
Welchen die Liebe uns schenkte erstarrt, und die Flocken des Winters
Hüllen das schweigende Thal und die ächzenden Zweige der Tanne,
Ach! so beklommen ist mir's: Es verlangt die Empörung des Königs
Gundobald wieder die Arme der streitbaren, fränkischen Ritter,
Morgen schon zieh' ich mit Chlodwig zum Kampf in das Reich der Burgonden;
Nimmer vielleicht in den Armen, entgegnete Bruno mit Thränen,

Hulda's der Inniggeliebten verweil' ich, erschlagen im Felde.
Jetzt wie der sausende Westwind das zitternde Pappellaub schüttelt,
Bebte das klopfende Herz und die zitternde Stimme versagte.
Thränen benetzten den Busen, den lieblichen, wilder und wilder
Küßte sie stürmisch den Freund und umklammerte stumm den Geliebten;
Endlich die Rasende windet sich los: Ach! erblickst du den Vollmond
Bruno mit silbernem Glanze, zerrissen den Schleier von Spinnweb?
Bruno! mein Leben, mein Gatte leb' wohl! lebe wohl! in die Tiefe
Sink ich hinunter auf immer und büße die Schwachheit des Weibes.
Noch im Verschwinden erfaßte die Nixe den Handschuh des Ritters,
Nahm ihn als Zeugen hinab, als Beweis in die Tiefe des Brunnens.
Bruno mit Thränen im Auge verließ die verödete Stätte,
Divio wurde gestürmt und Avenio wurde belagert,
Endlich der Friede geschlossen, und heimwärts, den Helm und den Schildrand
Friedlich mit Kränzen umwunden nach Abrinsburg eilte der Ritter.
Aber den Zügel des Rosses erfaßte der Schaafhirt und sagte:
Herr! um die Heerde zu weiden in süßen erquickenden Kräutern
Ehrenpreiß, Klee und Rapunzel, dem Labsal der blökenden Schaafe,
Zog ich das Mühlthal hinauf und erreichte den sprudelnden Hirschborn,
Hier von den säugenden Müttern, den wolligen Widdern gesondert,
Welche, im Schatten der Buche, vom Hunde bewacht, sich gelazert,
Führt ich voran zu der Tränke erwachs'nere Lämmer des Frühlings.
Sehet! da quoll aus dem Brunnen ein nackendes weinendes Kindlein.
Hielt mir die Arme verlangend, die flehenden Händlein entgegen.
Staunend erhob ich den Wurm, und ein Mutterschaaf vollen Gesäuges,
Dem die beschleichende Wölfin den Erstling geraubt und zerrissen
Holt ich herüber und legte den Säugling an's nährende Euter;
Mutterlos pflegt ich das Kind und erhielt's bei Gesundheit und Leben.
Aber es gor und rauschte von Neuem im schäumenden Hirschborn,
Endlich von wallendem Grunde erhob sich ein Handschuh, hier ist er!
Seht auch das Kindlein, das schöne, wie lieb und verständig es aufschaut:
Hulda! o Inniggeliebte, mit bebender, stockender Stimme
Rief der erröthende Ritter, und schwang sich herab von dem Sattel,
Hob auf die Arme und wiegte das Kindlein und küßte die Wangen:

Ebenbild du der Geliebten, mein Töchterchen, komm mit dem Vater,
Komm mit dem Gatten der Nixe, die dort in dem Brunnen versunken;
Nimm die Denare zu Sold und Belohnung in strotzendem Beutel,
Sprach er zum Schäfer gewendet: hab' Dank für die Wartung des Kindleins.
Imma von Handschuchsheim nannte der liebende Vater die Tochter,
Handschuchsheim nannte der Ritter sich selbst und die fränkische Zwingburg.
Trug in dem Schild u. dem Wappen den Handschuh als Pfand u. Erinn'rung
Jener vertraulichen Stunde, als Hulda in letzter Umarmung
Nahm zum Beweise hinab in die Tiefe des Brunnens den Handschuh;
Silbern erscheint er im Wappen und schwimmt auf dem bläulichen Wasser.
Aber die Tochter erwuchs in dem Schlosse des Vaters zur Jungfrau,
Hold und bezaubernder Anmuth, dem Morgenroth ähnlich zu schauen,
Welches die Pfade der Sonne am Himmel mit Rosen bekränzet:
Vater! entgegnete einstens die Jungfrau mit lieblichem Munde:
Nimmermehr will ich es glauben, daß früh schon die Mutter gestorben,
Lasse mich auch in der Kammer die Thür, die verschlossene öffnen
Oefters mit Thränen im Auge ich sehe dich diese verlassen:
Imma! versetzte der Vater: ich gehe zum Bildniß der Mutter,
Welches im Kämmerlein hängt und gedenke der früheren Zeiten;
Führte die Jungfrau hinauf und erzählte ihr Alles und Jedes:
Laß' mich die Mutter erlösen und wenn ich das Leben verliere;
Sagte die Jungfrau verlangend und einsam im Dämmer des Abends,
Wenn von dem Donnersberg fern u. dem Haardtwald die Sonne verschwunden
Saß sie am Rande des Brunnens und flehte die Hände erhoben:
Mutter! vernehme die Worte der Liebe, des kindlichen Herzens,
Ach! unaufhaltsam zu dir in dem Brunnen ich trage Verlangen,
Könnt ich nur einmal an's Herz, an den klopfenden Busen dich drücken;
Nimm auf der Wiese gesammelt, so sprach sie, die Blumen des Frühlings,
Immergrün, Veilchen, Maßliebchen; und warf sie hinein in die Quelle,
Manche vergossene Thräne auch rollte das Bächlein hinunter.
Einmal nun saß sie am Brunnen und spann und gedachte der Mutter,
Da in dem Spiegel des Baches sie glaubte die Mutter zu schauen,
Aber die Spindel entsprang ihr und fiel in den Brunnen hinunter;
Nieder sich beugte die Jungfrau und siehe! zwei Arme erhoben

Kamen vom Grunde herauf und umschlangen den Nacken des Mädchens;
Imma versank und versank und erwachte am Herzen der Mutter,
Tief in dem Innern des Berges, in düster erleuchteter Grotte:
Imma wo bist du! so rief, so verlangte der suchende Vater;
Stieg auf den Buchberg und schaute, und dann auf des Abrinsbergs Gipfel.
Endlich erschien ihm ein Engel, den Speer in der Rechten erhoben,
Aber es wand sich ein Lindwurm zu Füßen des siegenden Jünglings:
Kennst du mich? fragte der Engel: aus himmlischen Höhen gesendet,
Komm ich dir Hülfe zu bringen, im Falle du eidlich gelobest
Hier auf dem Gipfel des Berges Kapelle und Kloster zu bauen,
Erzengel Michael bin ich, und mir soll die Stätte geweiht sein.
Nun mit erhobener Rechten der Ritter beschwur das Gelöbniß:
Siehst du, so sagte der Engel, die Weide von Bienen umgaukelt?
Schneide dir hier von dem Baume drei Reiser mit goldenen Palmen,
Schlage damit auf den Brunnen, so wirst du die Gattin erlösen.
Wirst auch die Tochter befreien und heute noch Beide umarmen.
Jetzt zu dem Himmel erhob sich der Erzengel Michael heilig.
Bruno, nachdem er drei Reiser mit goldenen Palmen geschnitten,
Stand an dem Rande des Hirschborns und schlug auf das sprudelnde Wasser.
Siehe! da hob sich's empor, und die Mutter die Tochter umschlungen
Stiegen herauf an das Ufer in strahlender Jugend und Schönheit.
Vater! hab Dank für die Hülfe, so sagte die lächelnde Jungfrau:
Bruno mein Gatte! begann die Erlöste und küßte den Ritter:
Ach! wie die himmlische Sonne die Gipfel der Berge vergoldet,
Welch' ein erlabender Duft von den blumigen Wiesen mich anweht!
Lange, wie lange entbehrt ich das Lied der gefiederten Sänger;
Hast du das liebende Herz und die Treue der Gattin erhalten?
Endlich in deinen Besitz, in der Freude Genuß ich gelange,
Endlich nach langem Ersehnen, nach tausend vergossenen Thränen!

———— ❧❀❧ ————